PRIX : 1 FR.

# LE DROIT AU VOL

PAR

Nadar

PARIS,
J. HETZEL. LIBRAIRE ÉDITEUR,
18, RUE JACOB, 18.

2e ÉDITION.

# LE
# DROIT AU VOL

IMPRIMERIE GÉNÉRALE DE CH. LAHURE
Rue de Fleurus, 9, à Paris

LE

# DROIT AU VOL

PAR

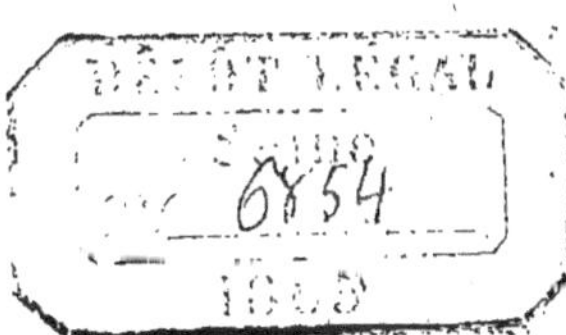

NADAR

DEUXIÈME ÉDITION

PARIS
J. HETZEL, LIBRAIRE-ÉDITEUR
18, RUE JACOB

1865

*Tu passais. Mon titre, faisant bien son métier de titre, t'a sauté aux yeux, et te voila arrêté dans ta marche. — Tu m'ouvres au hasard.*

*Si tu es tombé sur quelque gros mot de savant, n'aie peur et tiens bon.*

*Il n'y a point de science ici, puisque c'est moi qui te parle.*

*Je ne te demande qu'une parcelle de bon sens, si tu peux la fournir, — dix minutes d'attention, si tu en es capable, et, — entends bien cette grave raison qui te touche d'ordinaire : — c'est de* TON INTÉRÊT *qu'il s'agit.*

*Si c'est un peu ton avis, quand tu m'auras parcouru, si je t'ai fait voir ce que tu ne songeais pas regarder, si je t'ai fait penser à ce que tu ne soupçonnais pas, alors tâche d'aider* LA CAUSE — TA CAUSE ! *— et injurie-moi, puisque je t'aurai servi.*

*Si tu ne* VOIS *pas, si tu ne* SAIS *pas, si tu ne* CROIS *pas, alors ne vole jamais, — et continue de marcher, nigaud!*

LE DROIT AU VOL.

---

*Messieurs les Voleurs sont priés de nous excuser, si, par une regrettable méprise que nous déplorerions les premiers, l'allèchement d'un titre ambigu et décevant venait à leur coûter un franc, — qu'ils seront toujours à même de nous reprendre.*

*Notre belle langue française est si pauvre que, lorsque nous lui avons demandé notre étiquette, elle n'avait même pas sur elle deux mots différents pour distinguer le vol de l'alouette du vol du foulard.*

---

*La Morale étant sauve et la Politique tout à fait étrangère à l'événement, l'auteur de ce petit livre espère que Messieurs les membres de la Commission de Censure seront plus cléments au* DROIT AU VOL *qu'ils ne l'ont été pour son frère aîné (— un dépravé, s'il en fut! —) les* MÉMOIRES DU GÉANT, *et qu'ils ne trouveront pas l'ombre d'un motif cette fois pour nous refuser le visa, puisque leur firman est indispensable à la libre circulation de cette brochure de propagande.*

LE

# DROIT AU VOL.

A mes bons et chers Arosa,
— en Espagne, quelque part, pour le quart d'heure.
N...r.

## I

Mon coadjuteur précieux, G. de la Landelle, revenait un jour de chez un homme des plus intelligents, maître horloger-mécanicien, qui, après tant d'autres et comme encore tant d'autres, s'obstine depuis plusieurs années, — par grand'perte d'argent et de temps, — à courir après un système d'aérostat dirigeable.

Il lui avait dit et redit, sous toutes les formes, que la « direction des ballons » proprement dits est une chimère; —

— que sur ces immenses surfaces de non-résistance, sur ces masses énormes plus légères que le volume d'air qu'elles déplacent, le moindre courant avait jeu par trop facile; —

— qu'en supposant même qu'à ces ballons, quels qu'ils fussent, — ronds, coniques, cylindriques, pisciformes, annulaires, conjugués ou autres, — on pût adapter des appareils quelconques de force suffisante, — hélices ou rémiges orthoptères, turbines, roues à aubes, voiles et contre-voiles, rames, palettes, gouvernails, etc., — l'enveloppe de ces ballons, fût-elle d'acier, fût-elle de triple airain, éclaterait au premier effort, comme l'insecte sous l'ongle, entre les deux pressions : — celle du courant d'air et celle de l'appareil opposé; —

— que depuis l'an de grâce et de déception 1783, — depuis la *sublime et détestable* découverte des frères Montgolfier, l'interminable série des déconvenues de tous les prétendus « directeurs de ballons » démontrait historiquement enfin que, constitutivement, le ballon dans l'air n'est pas et qu'il ne sera jamais une nef : — qu'il est né bouée, et qu'il crèvera bouée.

Il s'était épuisé à lui répéter que ni l'oiseau, ni l'insecte, ni le polatouche non plus que la chauve-souris, ni le saurien dragon, ni le poisson volant ne sont des Montgolfières et ne s'enlèvent par l'effet de l'air chaud contenu dans leur corps.

(— Comme l'avait si imperturbablement avancé et comme n'ose plus le redire l'Académie elle-même, qui, au moins aujourd'hui, à la prudence de se taire, ne sachant faire.)

Il lui avait, en effet et à l'appui, prouvé que — (pour ne pas parler de la chaleur intérieure de la Libellule et du Dytique de Roësel), — si l'oiseau s'enlevait par le même principe que la Montgolfière, c'est-à-dire en vertu de « l'air chaud » que l'Académie estime si haut dans ses os, dans ses plumes, etc., il faudrait rigoureusement, pour lui permettre d'utiliser réellement cet « air chaud » dans l'ascension, qu'il commençât par enfler son enveloppe, c'est-à-dire son volume de sept à huit cents fois.

Il lui avait demandé pourquoi, si l'oiseau s'enlevait par une simple différence de pesanteur spécifique, le moindre grain de plomb dans l'extrémité de son aile suffisait pour le faire chavirer et choir?...

Et encore si l'oiseau pèse ou non dans le vol, quand, lâché dans l'appartement, il heurte et brise les vitrages[1]?...

1. A. J. Sanson, *Du Point d'appui*, 1841.

Il lui avait surabondamment et *à fortiori* établi, dans son insistance apostolique, que ce prétendu « air chaud » intérieur, loin d'aider alors le vol de l'oiseau, l'empêcherait *absolument* tout au contraire;

— que, dans tous les ordres de l'échelle animale, toutes les créatures volantes s'enlèvent, se soutiennent, se dirigent, — non point par l'effet d'une différence de pesanteur spécifique, — mais par l'admirable et éternelle résultante des lois mécanique, statique et dynamique;

— que la fusée aussi s'enlève, malgré son poids et celui de son moteur qu'elle entraîne;

— et qu'il faut enfin être PLUS LOURD *que l'air* (— plus *dense*, si vous voulez), pour avoir une action sur l'air, pour commander à l'air, — — comme, en tous ordres de choses, il est indispensable d'*être le plus fort pour ne pas être battu.*

Rien de son prêche n'avait porté, hélas! —tant une idée nouvelle, si rationnelle et évidente qu'elle soit, a peine à se faire son trou à la place d'un vieux préjugé!

« — Une vérité neuve, — a dit à peu près « Fontenelle, — est un coin qui n'entre « qu'à la longue et par le gros bout. »

Paradoxe de la veille, vérité du lendemain; — et si les majorités de demain ne sont jamais que les minorités d'aujourd'hui, nous savons trop douloureusement, en tous ordres de choses, combien de temps ces minorités mettent à devenir majeures....

— Et mon la Landelle s'en revenait à son logis, le nez en terre, triste et se demandant combien de fois il fallait donc répéter les mêmes choses pour arriver à les faire entendre....

Tout à coup se présente une échelle qui lui barre le trottoir.

Au moment où il s'écarte, une éponge tombe à ses pieds. — Un ouvrier marchait à côté de lui.

— Hé! *la Coterie!* — crie à celui-ci l'autre du haut de son échelle. — Passe-moi donc mon éponge!

Le compagnon d'en bas ramasse l'éponge, puis relève la tête.

L'autre était tout au bout de la grande

échelle, occupé aux persiennes d'un second étage....

Ce que voyant, celui qui avait ramassé l'éponge — LA TREMPE AU RUISSEAU,

— et, *suffisamment alourdie alors*, la lance....

## II

Quoi encore, après ce brave compagnon qui en fait, — qui en sait, donc, plus à lui seul que toutes les Académies ensemble?

Faut-il rappeler que de trois balles, d'égal diamètre, lancées par vous à force égale, contre le moindre courant :

— celle de plomb disparaît à vos yeux,

— celle de liége va tomber à quelques pas,

— celle en moelle de sureau revient sur vous?..

Et si la culasse du volant n'était pas chargée, le volant ne fendrait pas l'air : — il resterait collé à la raquette[1].

Non-seulement nous croyons que nécessairement, rigoureusement, il faut être spécifiquement *plus lourd*, *plus dense*

1. A. J. Sanson, *Du Point d'appui*.

*que l'air*, pour commander à l'air, — mais encore je suis personnellement convaincu que *plus* nous serons lourds, *mieux* nous voyagerons en l'air!

Et je sais encore déjà que je ne suis plus seul de cet avis....

Des preuves?

— Transportez dans la nacelle d'un ballon, comme je l'ai fait plusieurs fois, un moineau, un ramier, — et, arrivé à quelque cent mètres de hauteur, ouvrez la cage :

Si craintif de l'homme ailleurs, si rapide

à le fuir toujours, l'oiseau, là, reste immobile contre sa porte entr'ouverte.

Parce qu'il sent bien que l'air n'a plus, à cette hauteur, la densité nécessaire pour supporter son vol, et que le secours de ses chétives ailes ne le protégerait plus ici contre la loi de sa pesanteur.

Posez-le sur le bord de la nacelle : — Effaré au-dessus de cet espace qui n'est plus sien, il a le vertige — *le vertige de l'oiseau*, oui[1]! — et il se rejette, voletant gauchement, vers le centre de la nacelle, jusque sous vos pieds.

Précipitez-le : — vous le voyez tomber comme plomb ou tourbillonnant, jusqu'à ce qu'il ait atteint dans sa chute la cou-

1. *Mémoires du Géant*, 2e édition. E. Dentu, éditeur.

che plus dense où seulement il est permis à son exiguïté de se soutenir et de se mouvoir.

Cependant, seul et fier, l'aigle gagne d'un coup d'aile, hors du regard, les cimes qui lui appartiennent — de par son envergure corrélative à son poids. — Et c'est bien au-dessus de mille mètres que plane le condor, aux crêtes de la Cordillère des Andes [1].

Pourquoi?

— Parce que, de tous les volateurs pro-

1. « Humboldt a vu le condor s'élever à sept mille

prement dits, ceux-là sont les plus grands, les plus gros, — les plus lourds.

trois cents mètres. Rien ne dit qu'il ne monte pas plus haut. » D'Esterno, *Du Vol des Oiseaux*. Paris, 1864.

## III

Si admirable est l'ordre naturel des choses, que tout s'y tient et s'y enchaîne imprescriptiblement. Où les plus grandes commissions sont confiées aux serviteurs en apparence les plus infimes, où le labeur du plus misérable insecte est aussi solennel que la force qui régit les mondes, rien d'indifférent. Il n'est si imperceptible détail qui, à l'oreille de l'attentif, ne crie pour réclamer sa raison d'être, essentielle dans l'incommensurable ensemble : pas de soupir si humble, si furtif, que sans lui il n'y eût discordance dans la merveilleuse symphonie.

Aussi, quand vous avez mis la main sur une vérité, tout vous accuse, tout vous proclame, tout vous impose cette vérité.

Vous ne sauriez plus ouvrir les yeux, faire un pas, sans que de partout cette vérité jaillisse; sans vous sentir stupéfié, transporté d'admiration reconnaissante devant cette concordance sans relâche, infinie, des preuves de la Logique éternelle.

Elles vous poursuivent, ces preuves, elles s'attachent à vous, et, si votre attention paresseuse ou distraite passe outre et n'en tient compte, elles reviendront et vous assailliront, obstinées à la rescousse. Elles vous attendent, elles vous guettent, tapies derrière cet angle de mur, au tournant de ce sentier, — jusque dans le rêve....

Je traversais une fois encore, il y a quelques mois, les plaines de la Hollande, bercé dans la somnolente torpeur du voyage, contemplant vaguement l'interminable ruban vert que dévidait sous mon regard la vitre du wagon, — ruban strié d'argent par les innombrables filets d'eau, diapré des milliers de ces belles et paisibles bêtes qui paissent à jamais ces herbes sans fin....

Çà et là, blanches et noires comme l'écusson de Prusse, les cigognes, en quête de la grenouille et de la salamandre, arpentaient gravement le pâturage de leur rouge compas....

Je bondis, — bien réveillé tout d'un coup :

— Ces mêmes cigognes, que j'avais tant d'autres fois laissées derrière moi sans daigner les entendre; ces cigognes dont l'indulgence n'avait pas désespéré de moi, —qui m'attendaient cette fois de plus et qui m'attendraient encore, — ces honnêtes, ces sages cigognes me jetaient, elles aussi, au passage, leur certificat en faveur du *Plus lourd que l'air*....

Ne la retrouvons-nous pas là encore, la loi de vérité? — Les oiseaux émigrants ne suppléent-ils pas, en effet, par la masse de tous savamment disposée dans l'horizontale et la verticale de ses plans, à l'insuffisance de chacun d'eux isolé?

N'assistons-nous pas tous les automnes, nous autres Parisiens, aux longs et bruyants préparatifs, à la mise en train et au final départ d'*ensemble* de nos hirondelles, — qui ont narquoisement choisi le dôme de l'Institut pour leur embarcadère : — de fines voilières, pourtant, les braves petites bêtes! mais qui comprennent les bienfaits de l'association tout autrement et bien mieux que nos pauvres intelligences humaines, perverties par le déplorable et éternel antagonisme.

Et la lourde caille, avec ses moignons

d'ailes, comment traverserait-elle la Méditerranée, si elle n'imposait aux vents la masse de ses multitudes?

N'avez-vous pas là le secret de ces quelques pauvres désespérés, retardataires isolés que rencontre parfois le chasseur surpris, quand ils ont imprudemment manqué à l'appel du grand départ?

Car ici fait grève — et triste grève! — celui-là qui ne s'est pas coalisé!

## IV

Je vous dis que la vérité vous poursuit.

— Au moment même où j'écris cette page, un de nos plus éminents confrères, — le plus patient, le plus consciencieux des observateurs, — M. L. de Lucy vient me communiquer des tables dressées par lui depuis plusieurs mois à l'effet de déterminer les rapports proportionnels entre le poids de tous les animaux volateurs quels qu'ils soient et le diamètre de leur envergure.

Depuis les oiseaux les plus considérables jusqu'aux chétifs coléoptères, du vautour à la vrillette, M. de Lucy les a mesurés tous et tous pesés avec cette minutie d'attention, ce scrupule d'exactitude qui le caractérisent.

Eh bien! de ces lentes et patientes constatations, se trouve résulter dès à présent au profit du *Plus lourd* — du *beaucoup plus lourd que l'air!* — une loi inconnue hier, dogmatique aujourd'hui, et qui bouleverse singulièrement l'ensemble des probabilités acceptées jusqu'ici, car elle nous force à reconnaître que :

— *Moins pèse* l'animal destiné au vol, *plus large relativement est la surface de ses ailes* ou des plans qu'il impose à l'air;

Et réciproquement :

— *Plus pèse* l'animal volateur, *moins considérable* est son envergure relative.

Et, si paradoxale au premier abord que paraisse cette loi absolue, j'ajoute que, sur l'infinie quantité des observations qui l'établissent, il n'en est pas *une* qui ait encore trouvé *une seule fois* en défaut la règle inflexible de ces invariables proportions.

Resterait à la vérité, pour édification complète, le constat de la force musculaire que chacune de ces espèces dépense pour le vol, constat dont on apprécie tout d'abord la presque impossibilité.

Mais, quoique nous puissions avoir à apprendre de ce côté, comme nous voilà loin des calculs ultra-académiques, qui procédant par A+B de l'oie et du pigeon, ne permettaient pas à l'homme de se soutenir dans l'air à moins d'ailes de *douze mille pieds* d'envergure!...

## V

J'entends bien d'ici pourtant encore ceux qui persistent, même aujourd'hui, à nous reprocher cette audacieuse, folle prétention de bouleverser toutes les lois naturelles,—j'entends celles contrôlées et poinçonnées par l'Académie.

Au lieu de nous appliquer à perfectionner la magnifique découverte des Montgolfier, — en faire table rase et tenter d'abord la plus invraisemblable des luttes contre la première et inexorable loi de la pesanteur des corps, — quelle impertinence!

Le problème de la Navigation Aérienne est double en effet, et, si notre théorie du *Plus lourd que l'air* est, hypothétiquement et pour un instant, admise en ce qui concerne *la direction* proprement dite, — avant *la direction*, il est certain que nous devons commencer par *l'ablation* ou ascension. Si nous avons besoin d'être *lourds* pour nous diriger, il semble tout d'abord indispensable que nous soyons *légers* pour nous enlever.

« — Or, nous objectent aussitôt, leur ri-

« tuel en main, les personnes habituées à « brouter les logarythmes, — il est re- « connu, d'une part, qu'un corps tombe de « cinq mètres par première seconde.

« Il est établi, d'autre part, que la force « maximum de l'homme ne saurait l'éle- « ver par seconde de plus d'un mètre.

« Donc, — qui de 5 paye 1 reste 4 — « et, en conséquence, défense à l'homme « de jamais voler! »

— « En fait de locomotion au sein « des eaux, — ajoutent encore certains « parmi eux, — la Création a atteint « des proportions *assez* gigantesques en « nous *donnant* la baleine; mais en fait « de locomotion aérienne, la Providence « s'est *arrêtée*, et *pour cause*, à l'aigle

« et au condor. — De même, en infligeant « à l'homme sa pesanteur, elle lui a noti- « fié et à jamais fixé sur le sol sa vérita- « ble et invariable place. »

Vous savez avec quel aplomb ces gens-là accaparent le bon Dieu, et il faut vraiment que le bon Dieu soit bien fort pour résister depuis si longtemps à tous les Guillot qui le protégent.

De par eux, donc, défense à Dieu de faire voler l'autruche, — le ptérodactyle et l'épiornis, depuis longtemps morts et enterrés, ne sont plus là pour leur répondre. — Et, pour interdire encore à l'homme de dépasser certaines proportions de la nature, affirmons pieusement que le *Great Eastern* est moins volumineux que la baleine;—ordonnons que le cheval distance comme vitesse et dépasse comme format la locomotive et ses queues de wagons; — décrétons que le télégraphe électrique porte moins loin que la parole humaine, et l'œil du lynx fantastique plus loin que notre télescopie; — jetons bas la casquette de notre Corps des ponts et chaussées devant l'auréole du castor, — et bouchons bien vite le tunnel du mont Cenis par déférence pour le trou du lapin.

Pour le besoin de leur cause présente, ils ont oublié leur thème ordinaire : — l'Ordre Universel créé tout entier pour les besoins et la satisfaction de l'homme, et jusqu'à Dieu qu'ils ne craignaient pas d'envoyer tout à l'heure clouer ses étoiles au firmament «*pour le seul plaisir de nos yeux.*»

Impies blasphémateurs de Dieu qu'ils

mesurent à leur mètre, insolents envers le Créateur et la créature, les voilà qui nient à présent cette miraculeuse intelligence qui a été donnée à l'homme et à l'aide de laquelle il a dépassé en tous ordres les facultés de l'animal, à mesure qu'il a su le *vouloir* et le *mériter*.

Eh! quoi, l'homme, plus vite que le cerf, plus prompt que le bruit, qui a fait sien le domaine du poisson comme celui de la taupe, qui a tout asservi jusqu'à cette impalpabilité qui s'appelle la lumière, l'homme, — ce favorisé de la Providence, cette image de la Divinité, — l'homme ne s'élèverait pas dans l'air comme la misérable chenille d'hier, comme la mouche immonde, née de la pourriture[1]!...

1. *Mémoires du Géant.*

## VI

La Loi de Pesanteur !

Mais, ô Académiciens ! Vous qui avez déterminé, réglé, arrêté, décrété la Loi de la pesanteur des corps, maintenant que votre très-savant travail est fini, — voulez-vous avoir l'obligeance de nous dire : — *ce que c'est que la Pesanteur?*

— Combien pèse le cerf-volant dans la nue?

— Combien pèse l'oiseau qui plane?

— Combien pèse la flèche lancée?

— Un patineur, du poids ordinaire de 60 kilog., est supporté par une glace de cinq à dix centimètres d'épaisseur. Lancé de toute sa force d'impulsion, il arrive sur une crevasse recouverte d'une croûte épaisse d'un centimètre, deux au plus, et, cette crevasse, il la passe et dépasse sans l'avoir percée. — Combien pèsent sur cette crevasse les 60 kilog. de notre patineur?

— Combien de fois, en Amérique, n'a-t-on pas vu céder et se rompre sous un train en arrêt, des ponts suspendus qui avaient jusque-là supporté sans fléchir des milliers de trains lancés à toute vitesse?

— Quatre hommes débitent lentement, lentement, un câble coudé au bout duquel pend une énorme pierre, et, du haut de ce toit, voilà cette pierre qui, petit à petit, imperceptiblement presque, arrive se poser sur le sol.

Que l'un de ces quatre hommes, oubliant une demi-seconde la mesure, lâche de quelques centimètres trop vite sa part du cordage, — et avec une instantanéité comme foudroyante la masse, en parfait équilibre tout à l'heure, tout d'un coup précipitée, soulève, entraîne..

les quatre hommes, leur échafaudage et jusqu'au mur qui soutenait le tout.

— Que pèse cette pierre dans ce dernier cas? — Que pesait-elle dans le premier? — Et encore, entre l'un et l'autre cas, que pesait-elle?

— Sur quelle base de proportions votre pesanteur règle-t-elle ses convenances avec la balistique, — et à quel point précis de sa trajectoire le boulet commence-t-il à sentir quelque fatigue? — A quel autre instant ne sait-il plus résister au besoin de se reposer?

— Pourquoi les astres ne tombent-ils pas? — Et de quel droit le nuage garde-t-il à son flanc jusqu'à tel moment donné et la neige et la grêle, et la glace et la pluie?

Pourquoi?

— Parce que, comme toutes les autres lois physiques, la loi de la pesanteur n'est pas une loi absolue, mais une loi relative.

Parce que, selon les modes divers de sa constitution, de son action, et aussi de son milieu, tel corps pèse à tel moment et ne pèse plus à tel autre.

Parce qu'en se combinant[1], deux forces

1. « Quelle que soit l'intensité d'une force absolue quelconque, la moindre autre force qu'on lui applique angulairement donne aussitôt naissance à une nouvelle force, étrangère aux deux premières quant à la direction,

différentes, — la pesanteur et la projection par exemple, — produisent des effets composés, effets d'autant plus à l'infini variables, que ces forces agissent sur un milieu plus multiple lui-même dans ses degrés de résistance ou d'assistance ; — et *là* seulement, pensons-nous, devra-t-on chercher le mot de l'immense problème de la Navigation Aérienne.

« — *Le poids de l'homme est l'obstacle éternel au vol de l'homme*, dit l'Académie, *et contre ce poids la force de l'homme est à jamais impuissante!* »

et souvent aussi quant à l'intensité.... — En locomotion aérienne, il y a les forces *premières*, *composantes* et *résultantes*, » (Michel Loup, *Solution du problème de Locomotion Aérienne*. Paris et Lyon, 1853.)

Mais encore l'Académie devrait-elle nous dire d'abord le maximum décrété par elle à la fôrce humaine.

Pour nous, la force humaine, c'est l'intelligence humaine, et cette force-là, ce n'est plus par kilogrammètres qu'on peut tenter de l'évaluer.

C'est cette vraie force qui arrive à me faire tourner et retourner facilement sous toutes ses faces un bloc de granit de deux mètres cubes, pesant ses deux mille kilogrammes, et que sans cette force, réduit à mes seuls muscles, j'ébranlerais à peine.

Cette force, elle permet à la servante, — qui porterait à peine ses deux seaux pleins pendant quelques minutes, — de soulever dans le corps de pompe, par seconde et pendant une heure, une colonne d'eau de plus de trente-deux pieds.

Fixez des limites, posez des bornes à la force musculaire humaine : l'intelligence humaine renverse du moindre effort vos bornes, bouscule vos limites.

L'Hercule antique était un homme dans toute la verdeur de l'âge, aux muscles saillants et rebondis.

L'Hercule moderne, c'est un enfant accoudé sur un levier[1].

1. Louis de Lucy, *Le Problème de l'aéromotion.* (*L'Aéronaute*, n° 4.)

## VII

Et ce poids de l'homme, cet obstacle éternel au vol de l'homme, de par l'Académie, — qui oserait jurer que, dans ce siècle des miracles scientifiques, ce ne sera point ce poids lui-même qu'au moment donné l'homme utilisera comme son premier moteur pour s'enlever par les airs[1]?

« — Rien de plus facile que ce qui s'est fait hier, disait Biot; rien de plus difficile que ce qui se fera demain. »

1. Au moment même où je corrige ces épreuves, un Italien réclame de notre Institut une réponse à plusieurs Mémoires adressés depuis quelque vingt ans.

De ces Mémoires, l'un propose et développe les moyens d'*employer, comme agent moteur, le poids du corps humain*....

## VIII

Mais, si nous voulons arriver à quelque chose, défions-nous des formules acquises, regardons de près aux traditions consacrées, — et surtout, — Gens de bon vouloir, mes amis! — quand nous passons près de l'Institut, bouchons-nous les oreilles!

On pourra trop facilement me dire que j'ai mes raisons pour me garer des savants. — D'accord !

Mais tout le respect que je dois à la science officielle ne saurait m'empêcher d'examiner ses états de service, ce Martyrologe sans fin de la Vérité et du bon Sens.

Ne remontons pas jusqu'à Galilée et qu'il ne soit plus question, au moins cette fois, de Salomon de Caus.

Mais, n'est-ce pas la science officielle qui décrétait qu'essayer de traverser l'Atlantique avec la vapeur, c'était tenter d'aller dans la lune?

— que les roues des locomotives patineraient toujours sur les rails sans avancer jamais?

— qu'au surplus, la vitesse de traction étoufferait infailliblement les voyageurs?

— que l'éclairage extrait de la houille était une absurdité et une impossibilité? etc., etc.

Nous pourrions presque affirmer qu'il n'est pas une des découvertes du génie humain qui n'ait été niée d'abord et combattue par les Scribes et les Pharisiens de la science.

Et maintenant avons-nous besoin de rappeler les découvertes de la vitrification, de l'aimant, du phosphore, de la poudre à canon, des lunettes, du microscope, etc., toutes dues, avec tant d'autres, au seul et ignorant hasard, pour témoigner que si la science officielle nuit à qui veut faire, c'est parce qu'elle-même ne sait pas faire?

En vérité, quand je contemple, l'histoire en main, la grande partie scientifique que joue l'humanité depuis que le monde est monde, je ne puis m'empêcher de constater ce fait :

— C'est qu'au fur et à mesure des coups, les savants sont vraiment sans pareils pour marquer les points de la partie :

— mais la partie, ce n'est pas eux qui la jouent!...

J'estime que, sur aucun terrain, la science

officielle n'a amoncelé autant d'hérésies et d'absurdités monstrueuses que nous allons en rencontrer ici, contre la possibilité de l'aérolocomotion rationnelle.

Constatons tout d'abord qu'au début des Montgolfières, l'Académie de Paris n'hésita pas à encourager la recherche de la direction des ballons proprement dits, que quatre-vingts années de tentatives vaines ont démontrée aujourd'hui parfaitement chimérique. Ajoutons que les Académies de Lyon et de Dijon, — j'ignore ce que disaient les autres, — s'empressèrent de joindre leurs encouragements décevants à ceux de l'Académie de Paris.

Par une contradiction toute logique, l'Académie devait nécessairement, conséquence naturelle dans l'absurde, nier la possibilité de la solution, dès que le problème de l'Aviation serait posé dans ses véritables termes au nom du *Plus lourd que l'air*. — C'est ce qu'elle ne manque pas de faire aujourd'hui.

Voyons donc ce qu'oppose la science officielle à la théorie du vol mécanique.

## IX

Laissons les Académies, laissons Bacon, Leibnitz, Buffon, Cuvier, et jusqu'à l'Encyclopédie s'obstiner à soutenir que l'oiseau s'enlève comme la Montgolfière, en vertu de l'air chaud qu'il contient, — et le papillon aussi, par conséquent.

(Buffon ! l'observateur qui a pourtant écrit cette phrase : *Pour se soutenir élevé, l'oiseau n'a besoin que de faibles battements d'ailes....*[1].)

C'est d'abord Borelli[2] qui vient tomber juste d'accord avec le Hollandais Nieuwentyt[3], pour calculer que l'effort dépensé par l'oiseau dans le vol dépasse DIX MILLE FOIS le poids de son corps ; — ce qui, en d'autres termes, attribue aux muscles des ailes d'une oie pesant six livres, un effort de soixante mille livres, c'est-à-dire la force de *cinq mille hommes* ou de *cinq cents chevaux*, au choix.

1. *Discours sur la nature des oiseaux.*
2. *De Motu animalium.*
3. *Merveilles de la nature*, 1715.

C'est l'académicien Coulomb (1780) qui exige pour soutenir un homme dans l'air des ailes de DOUZE MILLE PIEDS de surface et de cent quatre-vingts pieds de longueur.

— Bien qu'une oie pèse plus de livres qu'elle n'a de pieds carrés de surface d'ailes et que chaque aile de moulin de deux cents pieds carrés produise un effort très-supérieur au poids d'un homme[1].

C'est le fougueux Lalande, qui non content d'endosser les douze mille pieds d'ailes demandés par Coulomb, apprécie qu'il faudrait même encore, pour les né-

1. Dubochet.

cessités de certains moments, doubler sinon tripler cette invraisemblable surface.

« — *Ainsi*, termine Lalande, l'impossibi-
« lité de se soutenir en frappant l'air est
« aussi certaine que l'impossibilité de s'é-
« lever par la pesanteur spécifique des
« corps vides d'air. »

Et un an après, mois pour mois, l'ascension de la première Montgolfière vient donner à ces imperturbables assertions un premier et éclatant démenti, — en attendant le second.

Et je trouve cette autre phrase dans une lettre adressée par le même Lalande à Garnerin (28 messidor an I) à propos d'une ascension du dit Garnerin :

« — .... *Pourquoi n'en étais-je pas?...* »

Toujours la même histoire : « — *Je suis oiseau, voyez mes ailes!* »

C'est encore un Rapport présenté à l'Académie, — et signé de noms comme ceux de Condorcet, Monge et Bossut, s'il vous plaît! — lequel Rapport confirme à nouveau les *douze mille* pieds d'ailes demandés.

Et l'Académie approuve à l'unanimité ce Rapport — « *propre*, dit-elle, *à détourner d'entreprises vaines et périlleuses.* »

Mais les savants avaient beau se mettre

en travers : ces entêtés d'ignorants revenaient toujours à la charge, ne voulant pas démordre de la Navigation Aérienne mécanique.

C'est alors que, pour en finir une bonne fois, l'Académie lance sur nos enragés un de ses meilleurs calculateurs, Navier.

Nouveau Rapport (6 septembre 1830), non moins affirmatif, non moins prohibitif, non moins approuvé par l'Académie unanime, — et c'est avec ce Rapport, acte de Foi, Credo académique, qu'on nous écrase encore aujourd'hui :

— *Magister dixit!*

Voulez-vous le chef-d'œuvre du genre,

l'absurde poussé jusqu'au fantastique? — Écoutez ce Rapport :

« — L'homme, — affirme doctoralement le savant Navier, — l'homme n'a pas, toutes proportions gardées, la QUATRE-VINGT-DOUZIÈME partie de la force que l'oiseau dépense seulement pour se soutenir en l'air... (!)

« Quand l'oiseau plane, le nombre de ses battements d'ailes dans une seconde est *d'environ* VINGT-TROIS..... (!!)

« Quand il plane, la quantité d'action dépensée par l'oiseau en une seconde est égale à celle qui lui serait nécessaire pour élever son propre poids à HUIT mètres de hauteur.... (!!!)

« Quand il se meut horizontalement, cette quantité est égale à celle qui lui serait nécessaire pour élever son propre poids à TROIS CENT QUATRE-VINGT-DIX mètres de hauteur *environ*.... (!!!!)

« La quantité d'action est *d'autant moindre*, pour le vol rapide, que la densité de l'air est *plus petite*.... (!!!!!)

Et, je le répète, — à l'unanimité, l'Académie approuve et contre-signe ces choses inouïes!

## X

Folie du chiffre !

Appliquez un instant ces terribles calculs de Navier au saumon, par exemple, — qu'une ligne des plus minces arrête, — et voilà le saumon mis en demeure de dépenser pour sa circulation familière une force égale à celle d'un vapeur de *cinquante chevaux !...*

— Mais le milieu n'est plus le même, va-t-on nous dire.

Soit. Eh bien, restons en l'air avec cet estimable M. Navier, et voilà qu'il n'a oublié qu'un point : c'est que les savants calculs qu'il entasse pour priver l'homme de son droit au vol défendent pareillement à l'oiseau de voler, — puisqu'ils imposent à une oie LA FORCE DE QUATRE HOMMES pour le vol le plus lent....

Touchant bénéfice de notre douce ignorance! nous autres bonnes gens qui n'allons pas chercher quatorze heures à midi, il nous suffit, sans autre algèbre, de lever le nez en l'air pour voir tout simplement que : —

— PIGEON VOLE!!!

Il est des oiseaux qui volent tout un jour. — Si nous prenons ) par l'ordre académique) le mathématicien Navier au pied du chiffre, quelle incalculable dépense de force ont donc faite ces oiseaux-là, le soir venu, et comment ont-ils pu résister à de telles fatigues?

On a rencontré à quatre cents lieues en pleine mer l'oiseau *Frégate*.

Quatre cents lieues pour venir, quatre cents lieues pour s'en retourner, cela fait huit cents lieues, sans compter les crochets et détours.

Combien de millions de kilogrammètres a donc depuis le matin soulevés cette *Frégate*, d'après vos chiffres, ô bon Navier?...

Tels autres oiseaux, pourvus des plus médiocres appareils, la caille, par exemple, font aussi plusieurs centaines de lieues d'une seule traite, — et cet incommensurable effort, ils l'ont réalisé sans même avoir eu besoin de réparer leurs forces, sans boire, sans manger, sans se reposer?...

Comment l'homme a-t-il donc été assez aveugle ou stupide jusqu'ici pour ne pas utiliser dans l'industrie de tels réservoirs de force inépuisable?

— Mais arrivons aux choses sérieuses.

## XI

De toutes les lois physiques, il n'en est peut-être pas une qui ait été si peu et si imparfaitement étudiée jusqu'ici que celle du vol de l'oiseau et de l'insecte.

— « On parle de la force musculaire des oiseaux, écrivait en 1858 le capitaine A. Girard; la cause qui les fait se soutenir dans l'air est aussi ignorée que l'était, avant Pascal, celle du fait de l'ascension de l'eau dans le corps de pompe, alors qu'on l'expliquait par l'horreur du vide. »

Tout au contraire des prétendus et formidables calculs que nous venons de citer, nous apprécions que, de tous les moyens de locomotion, le vol est peut-être celui qui nécessite la moindre dépense de force.

Quand nous examinons la mollesse relative des oiseaux de mer, qui, mieux que tous les autres, planent en toute aisance au sein des tempêtes, il nous apparaît que la force des muscles pectoraux, chez l'oiseau, a été archiexagérée par des préoccupations qui ne pouvaient permettre l'observation sincère.

Cette prétendue exorbitance de forces est aussi fantastique que l'ascension de par la légèreté spécifique, qui nous fut si longtemps et si obstinément opposée.

Et si la nature a donné aux pectoraux de certains oiseaux des développements considérables, que d'ailleurs nous ne rencontrons plus chez d'autres espèces volantes, ce n'a pas été pour les besoins du vol proprement dit, qui n'est pas du tout produit *uniquement* par l'effet dynamique; mais ce fut en vue de toutes autres nécessités, comme de s'enlever rapidement et verticalement dans certains cas donnés[1],

1. Michel Loup.

d'arrêter brusquement son vol, de combattre et d'enlever la proie, etc.[1].

Si, en effet, la faculté du vol dépendait aussi principalement de la puissance de ces muscles, comment donc pourrait-il se faire qu'un grain de plomb envoyé dans l'extrémité de l'aile, — une seule plume tordue, — moins encore, et sans toucher aux plumes, la simple ligature des pattes, pussent suffire à empêcher ou arrêter le vol chez l'oiseau le plus robuste?

Il y a donc dans le phénomène du vol toute autre chose que la simple question

1. Dubochet. — J. A. Sanson.

dynamique; il y a corrélation primordiale avec d'autres éléments d'intérêt tout autant essentiel, — statiques, mécaniques et autres.

Toutes les évaluations plus ou moins arbitraires de par lesquelles la science officielle s'est obstinée et s'obstine encore à interdire à l'homme la possibilité d'imiter le vol de l'oiseau, toutes ces évaluations, fussent-elles même exactes, ne sauraient être pour rien admises dans la cause, parce quelles restent isolées. Le témoin unique est nul.

Elles ne peuvent être acceptées, en toute justice, c'est-à-dire en toute raison, qu'au tant qu'il est tenu parallèlement compte, avec une préoccupation équipollente, des autres phénomènes dont l'action commune constitue le vol,—phénomènes dont l'action est au moins égale, avons-nous dit, supérieure peut-être à l'effet dynamique que la science officielle s'est opiniâtrée jusqu'ici à considérer seul.

Or, dans le phénomène du vol, une première vérité, de la portée la plus haute, nous est déjà acquise.

Il est hors de doute, en effet, que la pesanteur du volateur est rachetée et décomposée au fur et à mesure de la force de progression, aidée par les inclinaisons diverses du plan des ailes[1].

D'autres déductions non moins intéres-

1. D'Esterno, *Du Vol des oiseaux*. Paris, 1864. Voir encore — et toujours — Michel Loup.

santes se dégagent aussitôt de cette constatation première.

— Dans le vol soutenu, il n'y a point de chute accélérée.

— La force active d'un temps est profitable dans le temps suivant.

— La chute au premier moment est presque nulle, surtout quand le corps suspendu a une superficie plus grande.

— Le premier principe du vol soutenu chez l'oiseau est qu'il ne laisse jamais commencer sa chute.

Pour résumer et en conséquence :

— Toutes les évaluations Académiques et ultra-Académiques de la force dépensée par l'oiseau pour le vol ont été exagérées jusqu'à l'absurde.

## XII

De ces données incontestables, recueillies ou appréciées depuis longtemps par des observateurs tels que Pancton, Meerwein, Huber, Chabrié, J.-A. Sanson père et fils, le Suédois Tollin, Deniau et Dubochet (de Nantes), Jourdan, Vignal et Michel Loup (de Lyon), Cagniard de Latour, Franchot,

Babinet, J.-A. Barral, Beleguic, Emm. Liais, de Semalé, d'Esterno, Pline, de la Landelle, Taillepied de la Garenne, Fleureau, Vaussin-Chardanne, L. de Lucy, Arwed Salives, Arth. Gandillot, Jules Verne, Bourcart, F. du Temple, Henry Bright, Alph. Moreau, Preslier, Laubereau, Jullienne, Julien (de Villejuif), lord Carlingford, Parisel, Briant du Lescoët, L. Grandeau, A. Sanson, Th. Maurand, Serres, Piallat, Richard, Camille Vert, P. Boucherot, de Ponton d'Amécourt, Telescheff, Georges Cayley, Panafieu, Landur, Morin, Guérineau, Tigé, Steiner, Diesbach, Garapon, Engel, de Louvrié, Mareschal, Danduran, docteur Juge, docteur Wolf, docteur Tavernier, Vandal, Brochon, Besnard, O'Frion, Lelioux, Perrée, Guyot, Davelouis, Lacan, Brisson, Mure, de Montdesir, Van Monckooven, etc., etc., (—je demande pardon à tous ceux que j'oublie),—il semble résulter pour l'homme quelque chance de possibilité de s'élever, de se soutenir et de se diriger dans l'air à l'imitation des animaux volateurs.

Et tout au moins en résulte-t-il qu'il n'y a pas folie dans l'étude de cette grande recherche.

Pour nous, personnellement, la question du vol humain se trouve résolue par cela seul qu'elle est posée.

Chaque fois, en effet, que, pour la satisfaction de ses besoins, l'homme a voulu imiter la nature, il a égalé, souvent dépassé son modèle.

Il n'avait pas les quatre jambes agiles du cheval, du cerf et du lévrier : — avec la locomotive, il a distancé de bien loin le lévrier, le cerf et le cheval.

Il n'avait pas d'appareils natatoires comme le poisson : il va non-seulement sur l'eau, mais, comme le poisson, il va sous l'eau. — Il était faible, mais il s'arme, et devant lui s'enfuient les animaux les plus formidables. — Il soumet la flamme elle-même et il lui commande de le porter.

L'empire du monde lui a bien réellement été donné. Il a tout vaincu, dès qu'il a voulu vaincre. Quand il lui a plu de réaliser ce prodige d'être plus rapide que le son lui-même, l'électricité a porté sa parole d'un pôle à l'autre, comme l'éclair.

Quand il le voudra, l'homme volera comme l'oiseau, mieux que l'oiseau; — car, sans entrer davantage ici dans des détails d'abstraction, il est certain pour nous que l'homme sera obligé de voler mieux que l'oiseau, pour voler seulement aussi bien.

Les moyens ne lui feront pas défaut, et si ce qu'on a dit est vrai, qu'une question bien posée est par cela seul à moitié résolue, l'heure a sonné de la réalisation de la plus grande des conquêtes humaines.

L'observation poursuivie des phénomènes naturels indique désormais à l'homme la marche rationnelle, certaine, qu'il doit suivre.

Cette force Titanesque de l'oiseau qui

faisait reculer nos savants, l'homme la centuple dans son intelligente main, plus puissante que toute force.

L'art mécanique qui, dès le siècle dernier, imitait, dans les Têtes parlantes, dans le Canard de Vaucanson, jusqu'aux actes les plus mystérieux de la nature, — l'art mécanique met aujourd'hui à sa disposition plus de ressources qu'il ne lui en faut pour faire passer de la théorie à la pratique la Navigation Aérienne.

En voyant s'élever automatiquement dans l'air les petits hélicoptères de MM. de la Landelle et d'Amécourt, — ces joujoux, insignifiants en apparence, qui, même après le premier modèle de Launoy et Bienvenu, oublié depuis 1784, et celui du Lyonnais

Vignal, en 1849, auront eu, sinon historiquement, au moins *utilement*, j'espère, le mérite d'avoir réalisé la première démonstration publique de la possibilité du *Plus lourd que l'air*, — l'illustre savant qui a eu le courage, Académicien contre l'Académie, de prendre en main notre drapeau, M. Babinet s'écriait :

— LA CAUSE EST ENTENDUE ! CE N'EST PLUS QU'AFFAIRE DE TECHNOLOGIE ET D'ARGENT !

Et, s'avançant sur le terrain si disputé de la possibilité première de l'ascension des corps graves, il appuyait et confirmait de tout le poids de son autorité cette théorie, si paradoxale encore en apparence, que nous n'avions pas hésité à avancer, à savoir : — que *plus nos appareils de vol mécanique seront puissants, plus légers relativement deviendront-ils.*

Outre qu'une grande machine est toujours en effet plus efficace qu'une petite, il est évident qu'une force de deux chevaux, par exemple, pèse moins que deux forces d'un cheval, et plus nous nous élevons dans nos proportions, plus nous voyons que notre poids diminue relativement à mesure que notre force augmente. La progression de notre décharge montera donc en raison proportionnelle de notre addition de force, et, loin de nous faire obstacle, c'est au contraire notre amplification qui nous garantira d'autant mieux le succès.

— Dès que vous enlevez une souris, écrivait notre savant maître, vous emporterez bien plus aisément un éléphant.

Une fois l'*Ablation* ou ascension obtenue, la *Direction* n'est plus que question secondaire.

Sans parler des moyens mécaniques, la simple théorie du parachute, — du parachute que dirige réellement l'aéronaute, — était surabondante pour confirmer que l'on tombe du côté où on penche. Et dès que vous avez réalisé l'élévation, vous avez *effectivement* placé là un capital de force qu'il vous reste à dépenser comme vous l'entendrez.

## XIII

Observons d'ailleurs, et à un autre point de vue, que la nature n'a jamais donné à l'homme que des aspirations en raison de ses aptitudes.

« — Les attractions sont proportionnelles aux destinées, » a dit Fourier.

Or, depuis Icare et le Scythe Abaris, cité par Diodore, — car le *Plus lourd que l'air* a ses temps Héroïques, — l'homme n'a jamais cessé de lever les yeux vers ce domaine de l'air qu'il sent bien lui appartenir. Toujours et partout l'homme a cherché les moyens d'aller par l'air : — jamais cerveau humain, si brûlé qu'il fût déjà, ne s'est préoccupé d'un procédé pour vivre dans le feu.

Personne qui n'ait songé à parcourir librement les espaces, avant et depuis Lana, qui, devançant Montgolfier par l'invention de ses globes vides d'air, appelait cette aéromanie *la Folie Raisonnable* (*sapientem stultitiam*). — Pas un de nous dont l'aspiration ne se soit élancée dans l'extase des immensités sans horizon, et n'ait rêvé, avec notre grand poëte Victor Hugo,

« La liberté dans la lumière!... »

Il n'est pas de ville qui n'ait, plus ou moins vague, sa tradition d'homme volant, depuis Simon le magicien qui s'éleva à Rome devant Néron, et le Sarrasin, devant l'empereur Comnène, à Constantinople, — depuis Dante de Pérouse et le moine volant de Lisbonne, jusqu'au Viennois Deghen et au marquis parisien de Bacqueville.

La plupart de ces tentatives échouèrent, d'autres réussirent à moitié, quelques-unes eurent un plein succès et furent même heureusement réitérées. — A toutes accouraient par flots pressés les multitudes, un peu moqueuses toujours, parce que la vanité de l'homme s'empresse toujours d'aller au-devant du ridicule d'être trompé, mais irrésistiblement attirées par le sentiment instinctif et profond du possible, par le secret et indécourageable espoir.

Comment se fait-il donc, avec cette préoccupation de tous en tous les temps, par cette attente qui ne se lasse pas, après ces essais si souvent renouvelés et parfois heureux, devant la possibilité si rationnellement établie, — comment se fait-il que le problème de la Navigation Aérienne ne soit pas depuis longtemps résolu?

Parce que toute chose ne vient qu'à son heure, et que chaque couvée a sa durée prescrite;

— Parce qu'il a été écrit que tout serait compté à l'homme et bien juste; parce que tout ce dont il jouit, il est ordonné qu'il l'achète d'abord, et le paye, suivant l'inexorable tarif; parce que *si tu veux, il faut d'abord que tu mérites ;*

— Parce que toute conquête humaine se solde rigoureusement par les sueurs, par les larmes, par le sang, — et que, plus grande est la conquête, plus coûteux et plus douloureux le payement;

— Parce que celui qui marche en avant des autres a les pieds déchirés par les cailloux et les ronces du chemin nouveau, — et qu'il s'arrête;

Parce que l'éternelle défiance que l'homme a de lui-même lui fait repousser avec haine et avec mépris, au lieu d'accueillir celui qui lui apporte la parole nouvelle et utile.

— Il y en a bien d'autres encore, des *Parce que!...*

## XIV

Pour nous renfermer dans la question spéciale qui nous occupe, en fut-il jamais une plus multiple et plus complexe?

Ce grand Inconnu qui, une fois dégagé, doit déterminer de fond en comble dans tous les rapports humains le plus gigantesque, le plus inouï des bouleversements,

— cet Inconnu touche, et notez bien que c'est *à la fois* qu'il touche à toutes les sciences physiques, car de toutes il procède.

Et cette multiplicité première des connaissances essentielles ou participantes à sa gemmation est encore une des causes qui fatalement ont dû retarder l'heure fatidique. — Où est-il donc ce cerveau unique au monde, qui nous offrira l'universalité synthétique des connaissances et des aptitudes ici requises?

A peine sommes-nous d'accord sur le principe, sur notre point de départ, et déjà nous voilà, avant le premier pas, stupéfiés, ébahis devant l'embarrassante et infinie diversité des moyens de vol que la nature a départis aux insectes seulement. — Lequel de ces systèmes devons-nous étudier d'abord comme le plus vraisemblable, le plus assimilable à nos facultés relatives?

A ce premier embarras objectif, ajoutez d'autre part la défectibilité inhérente à notre esprit humain qui, en toutes choses, ne manque jamais de procéder du composé pour arriver au simple. — Que de recherches, que de combinaisons, que d'hypothèses avant que l'œuf de Christophe Colomb fût cassé!...

Tout, nous avons tout à faire, tout à apprendre. — Rien qui nous reste même de ces légendes d'hommes volants, qui d'ailleurs ne nous offraient que l'embryon de cette Navigation Aérienne que nous voulons réaliser dans les proportions d'utilité réellement *pratique* qu'elle comporte.

Par où commencer? Quel conseil, quel guide? Où est ici le Maître?

Même la science acquise et consacrée : néant! — Tout ce que les Académies nous ont enseigné : zéro!

Voulez-vous un exemple? Je prends l'hélice, qui, selon toute vraisemblance, est appelée à jouer un certain rôle ici. «—L'hélice, dit M. Maurice Saint-Aguet, a été découverte huit à dix fois depuis le brevet Dallery, en 1803, — (et nous pouvons ajouter qu'il ne l'avait pas inventée premier,) — jusqu'à ce qu'enfin elle fut appliquée, plus de trente ans après, par deux ingénieurs, l'un Français, l'autre Anglais, qui s'en disputent aujourd'hui très-sérieusement la priorité. »

Laissons-les se disputer — et dépêchons-nous d'admettre au moins, pour commencer, que l'hélice dont nous nous servons depuis si longtemps, — qui a été étudiée, essayée, réglée, assermentée dans toutes ses applications comme dans toutes ses modifications, cette hélice nous est connue, que nous la tenons bien, qu'elle est nôtre. — Nous comptons bien là-dessus, n'est-ce pas?

Eh bien, voici qu'il y a quelques mois, dans un essai comparatif, devant Cherbourg, on lance *le Solferino* à toute vapeur, et tellement à toute vapeur, que sur les quatre invariables, indispensables, réglementaires palettes de son hélice, deux sont brisées.

Savez-vous le résultat de la suppression imprévue de ces deux palettes?

— AUGMENTATION DE PRÈS D'UN TIERS DANS LA VITESSE — !...

Et quelque temps après, un second et semblable essai vient confirmer du tout au tout le résultat du premier....

Acceptez donc maintenant quelque chose de vos savants, sans bénéfice d'inventaire !

Donc et pour résumer, si vous voulez réaliser ce grand et beau rêve du vol humain, tâchez de découvrir d'abord, je le répète, une intelligence de premier ordre et universelle, ayant commencé par désapprendre tout ce que lui avaient appris les autres, pour ne rien tenir que d'elle-même en toute certitude.

A ce savant, complet et parfait, donnez

ensuite le Génie qui seul fait jaillir les effets des causes.

Soufflez-lui maintenant la curiosité inquiète, la recherche haletante, la noble et insatiable soif des grandes choses ;

— puis aussi l'inébranlable obstination de volonté, et l'abnégation absolue et le dévouement sans réserve, — sans parler, bien entendu, comme appoint, des diverses aptitudes physiques, du courage élémentaire et de l'indispensable santé.

Maintenant enfin, comme les inventions sont ruineuses, comme l'argent coûte cher et que le bois de lit de Bernard de Palissy brûle toujours, glissez quelques dizaines de millions, un peu moins ou même un peu plus, dans la poche de cet oiseau rare,

— et la Locomotion Aérienne sera!

## XV

En attendant, les heures disparaissent, les jours s'enfuient, les siècles s'écoulent, — et, les yeux levés vers ces espaces qu'elle se contente de rêver, l'humanité indolente semble attendre que lui tombe le mot du grand Problème, le mot Divin qui abaissera les frontières, fera les guerres impossibles et déchirera jusqu'au dernier feuillet les codes divers de nos époques barbares, pour en dicter un seul et dernier, Loi suprême de Liberté et d'Amour.

De temps à autre, il est vrai, de ce point ou de cet autre, une aspiration isolée s'exhale, une clarté s'éveille, un effort se tend, — puis tout s'éteint, s'assoupit et retombe....

—C'est alors, et puisqu'il n'arrivait pas, le prédestiné que nous attendons depuis si longtemps pour nous ouvrir la libre carrière dans les immensités, c'est alors que je me suis dit qu'il était temps de créer un centre pour tous ces séparés, de donner un temple à tous ces communiants.

Et je résolus, à défaut d'un plus digne,

de créer ce point de concentration, d'examen comparatif et de cohésion pour tous ces efforts isolés jusqu'ici, et dès lors perdus.

Faisant appel à tous les chercheurs en quête de la grande trouvaille, cette Association libre, désintéressée en tout, hors le bien de la Cause, recueillerait l'apport de chacun pour en faire peu à peu le trésor de tous. — Qu'ici l'inventeur, de tous temps et par tous bafoué, trouve d'abord au moins le seuil hospitalier où on l'écoute!

Et j'eus l'honneur de fonder notre *Société d'Encouragement pour la Locomotion Aérienne au moyen d'appareils plus lourds que l'air.*

Mais ce n'était pas tout d'avoir fondé cette Société.

Notre Société d'Encouragement n'était, comme on le pense bien, ni commerciale, ni civile, et le modeste minimum de 6 fr. que versent par an les quelques membres qui la composent, ne présentait pas un total de ressources exorbitantes.

Il fallait la faire vivre; il fallait lui créer des moyens de grandir, de se propager, de *servir*. Il fallait, qu'outre cette action première, précieuse mais négative encore, de la concentration produite, notre Association d'Encouragement s'affirmât par l'*encouragement efficace* offert aux inventeurs : il fallait, après avoir conçu, qu'elle pût produire.

Où faudrait-il donc chercher l'argent nécessaire pour créer les premiers essais?

Si je m'étais avisé, comme on m'y engageait si ardemment, d'ouvrir une souscription pour demander au public un petit million afin *d'essayer* de faire *peut-être* une machine qui *tâcherait* de voler dans l'air, le public n'aurait pas manqué de pousser de jolis cris, ma foi! Tous ceux qui ne veulent pas regarder, tous ceux qui ne savent pas voir, ceux qui tiennent avant tout à leurs écus, tous se seraient écriés :

« — Mais cet homme-là est décidément fou! Nous nous en doutions bien un peu jusqu'ici, mais le voici qui fait des aveux. Comment! il a l'aplomb de nous demander un million pour.... C'est un impertinent qui se moque de nous! »

On m'aurait dit des injures, ce qui est plus économique que bourse délier, et quelques-uns, — les plus empressés à ne pas mettre la main à la poche, — m'auraient au moins traité de voleur.

Quoi encore? Après cette profonde parole de M. de Girardin : « — Une des premières dépenses dont aurait à s'honorer un gouvernement serait celle de quelques millions par an destinés à encourager les recherches relatives à la navigation aérienne ; » — devais-je m'adresser au gouvernement?

Mais je ne sais pas comment on demande à nos gouvernants et je ne saurais pas non plus comment on les remercie. — Je crois pouvoir sans inconvénient avouer, entre nous, ce défaut : on m'a dit qu'il n'est pas contagieux.

## XVI

Je me suis dit alors que je gagnerais moi-même le premier argent nécessaire à la constitution de notre premier capital d'essai. — Une fois *ma dette* payée par quelques premières dizaines de mille francs, alors il me serait peut-être permis de faire appel à l'aide de tous pour ce grand intérêt de tous.

Je savais quel est l'éternel, insatiable empressement du public devant le moindre spectacle aérostatique. — Je me dis que, pour réaliser la conquête de l'air par les appareils PLUS LOURDS QUE L'AIR, — pour tuer les ballons qui nous ont fait perdre, sur une fausse piste, ces quatre-vingts dernières années, nos plus riches en science acquise, je ferais un ballon — *le dernier ballon!* — dans des proportions tellement extraordinaires qu'il réaliserait ce qui n'a jamais été qu'un rêve dans les journaux américains : un ballon haut comme les deux tiers des tours Notre-Dame ; —qui, dans sa maison d'osier à deux étages, emporterait trente-cinq, quarante passagers avec le simple gaz d'éclairage, et plus de cent avec le gaz hydrogène pur; — qui pourrait enfin, grâce à son énorme force ascensionnelle représentée par le poids de son lest, rester deux, trois, quatre jours et autant de nuits en l'air, et accomplir dès lors de véritables voyages de long cours.

Et tout seul, tête baissée, je me lançai dans cette grande entreprise du GÉANT, qui promettait de si beaux résultats, — et qui n'a été jusqu'ici que désastreuse.

Esprit spéculatif peut-être, mais fort mal doué comme spéculateur, rétif aux conseils de la prudence, rebelle à toutes les arithmétiques, confiant jusqu'à la niaiserie, j'ai passé depuis deux ans par tous les déboires, tous les chagrins, toutes les angoisses.

Je ne parle pas des petites blessures, de l'offense et du sarcasme, — bien que mon épiderme d'ancien caricaturiste soit naturellement plus sensible qu'un autre, et que, si j'aime encore assez me moquer des autres, je n'aime pas du tout que les autres se moquent de moi.

Or, il n'est dans la science aucune découverte, aucun fait dans la politique qui aient donné naissance à plus de quolibets que l'Aérostation, en couplets et caricatures. — Je possède une gravure du temps, représentant l'ascension de la première Montgolfière. — En haut, on lit :

« *Confusion des mauvais plaisants!* »

— En 1783, — déjà !

J'ai cherché la raison de la fécondité de cet impitoyable, éternel acharnement contre l'Aérostation, — et je crois l'avoir trouvée.

La pratique aérostatique ne présente en réalité aucune espèce de danger, j'entends lorsque l'intelligence y préside et non lorsqu'elle est livrée, comme presque toujours, hélas ! à l'ignorance des bateleurs entre les mains desquels elle est tombée dès sa naissance. — « Tous les accidents aéros-« tatiques, dit J. A. Sanson, ont été dus à « l'impéritie, à l'imprudence, à l'ivrogne-« rie surtout! »

Il n'y a donc pas le moindre courage à monter en ballon, parce qu'il ne saurait y avoir de courage là où il n'y a pas de danger.

Pourtant la pratique des voyages aérostatiques reste encore un épouvantail extraordinaire pour une foule de gens, — les femmes exceptées, toujours plus réellement braves que les hommes.

J'imagine alors que ceux-là qui n'oseraient monter en ballon, se vengent, par la raillerie facile, d'un courage qui les humilie et les offense.

« — Et je tiens pour affront le courage d'autrui. »

Si vous entendez, dans une réunion quelconque, un des causeurs se montrer plus difficile à satisfaire que les autres, plus persifleur et dédaigneux à propos d'un fait d'aérostation, tâtez le pouls à celui-là : — vous êtes tombé du premier coup sur le poltron de la bande.

En touchant aux ballons, j'avais déchaîné sur moi la meute. — Mais je fus bientôt fait aux piqûres, et des coups plus sérieux allaient m'en distraire. Ruiné, en proie à tous les parasytismes, trompé, trahi, volé, blessé, j'ai traversé les contacts les plus répugnants, toutes les amertumes, toutes les angoisses, et les plus scandaleuses iniquités. J'ai été vaincu, en un mot.

Mais je n'en suis pas honteux, car ma première défaite ne m'a jamais un seul instant désespéré, car jamais un seul instant je n'ai douté de ma victoire future. Et encore, il ne me déplaît pas d'avoir d'abord été vaincu : il est bon, c'est souvent un honneur et une grandeur d'être vaincu.

Je savais où j'allais....

Qu'importait tout cela, d'ailleurs, qui ne touchait que moi! Le grand principe de la future Locomotion Aérienne n'était-il pas posé ? N'avais-je pas créé au profit de la Cause de l'Aviation, en France et partout, une Agitation qui se manifeste chaque jour par la discussion, par les publications nombreuses, — Agitation salutaire et féconde, qui ne s'éteindra désormais qu'après le mot du grand problème trouvé.

Notre *Société d'Encouragement du Plus lourd que l'air* est constituée, et en attendant le très-prochain avenir où la reprise définitive des ascensions du GÉANT lui apportera les premiers éléments d'action, elle cherche, elle étudie, elle recueille.

Dès notre premier appel, au nom du *Plus lourd que l'air*, et des centres les plus divers, quelques-uns avaient accouru, inconnus les uns aux autres, embarrassés, timides. Puis ces ouvriers de la première heure s'étaient comptés, et comme leur Foi était la même, la confiance fraternelle leur était presque aussitôt venue, et chacun avait tiré de dessous son manteau et montré à ses frères ce qu'il apportait.

Des hommes éminents par leur science, par leur courage, par leur dévouement, n'avaient pas hésité à braver notre « *poltronnerie française*, » et à se mettre à la tête de ce petit groupe de convaincus et de résolus. Les premiers noms de notre état-major, c'étaient déjà MM. Babinet, de l'Institut, J. A. Barral, Franchot, le baron Taylor.

Un autre homme d'une volonté tenace,

apôtre obstiné de la foi qu'il prêchait déjà depuis plusieurs années, avait choisi la plus lourde tâche, celle de conduire pratiquement, jour par jour, heure par heure, les destinées de notre Association; et nul n'était plus capable que celui-ci devant les nécessités de gravité, d'énergie et de prudence, qu'imposait la présidence de cette Association naissante. Ancien officier de marine, littérateur émérite, G. de la Landelle avait tout abandonné pour se vouer à la grande Cause, et ma rencontre avec lui m'avait réellement paru providentielle.

Tout arbre ne porte que ses fruits : le poirier ne donne pas les pommes, non plus que le pommier, les poires. Conquérir c'est quelque chose, conserver c'est tout.

J'avais peut-être bien un peu ce qu'il fallait comme dévouement et enthousiasme actif. Ne sachant ni croire, ni aimer à demi, je pouvais bien engager le pain des miens et ma vie dans mon entreprise.

Mais il fallait autre chose encore et plus, pour mener à fin finale cette entreprise. Il fallait la patience, la suite, l'ordre, la méthode, la persistance. A côté de l'arme qui produit le bruit, il nous fallait la cloche qui conserve le son.

Grâce à la Landelle, grâce à la phalange d'élite qui se groupa autour de lui, notre Société, si humble au début, s'est organisée, s'est classée, a poursuivi depuis deux ans tout à l'heure ses travaux commencés. Ingénieurs, officiers de mer et de terre, manufacturiers, ouvriers, fonctionnaires publics et des plus hauts, physiciens, chimistes, mathématiciens, (—il y a même des Académiciens!) sont venus à nous, de jour en jour plus nombreux. Sous l'incessante action de la Landelle, tout ce petit monde de gens de bonne volonté s'est groupé en comités divers selon les aptitudes de chacun. — Coin des mécaniciens, — coin des calculateurs, — coin des naturalistes: il y a aussi le coin des gens du monde que ces recherches d'un si haut intérêt attirent à nous. Les projets nous sont adressés de tous côtés, car les inventeurs, si défiants d'ordinaire, ont tout de suite compris que cet Être de Raison qui s'appelle notre Société d'Encouragement n'avait et ne pouvait avoir que désintéressement et dévouement.

Et ainsi vont nos travaux hebdomadaires, étudiant et frayant la route, jusqu'au jour désormais très-prochain, j'espère, où, pour lui permettre d'arriver de la théorie à la pratique, le GÉANT va sommer chacune des Capitales du monde de payer sa part due à la rançon du *Plus lourd que l'air*.

En attendant ce prochain jour et lors même qu'il aura lui, si vous avez apprécié, vous qui lisez ces pages, non pas qu'il y a là du zèle et de l'abnégation, mais qu'il y a une Idée et une poursuite sérieuse de ce qui doit être la plus précieuse, la plus généreuse, la plus grande des révolutions de l'humanité, aidez notre *Société d'Encouragement*, unissez vos efforts, quels qu'ils soient, aux siens et propagez ses travaux.

Si je rêve, laissez-moi rêver encore, — mais je vous défierais de me réveiller! — Laissez-moi contempler l'air sillonné de nefs, — rapides à humilier dix fois l'Océan et toutes vos machines Crampton!...

De tous les points du monde l'homme s'élance, prompt comme l'électricité, et plane et descend comme l'oiseau à la place voulue.

Les livres racontent qu'autrefois on voyageait sur des voies de fer dans d'horribles boîtes d'une intolérable lenteur, au prix de mille supplices insupportables.... Un affreux mouvement d'allez-venez, dit *mouvement de lacet*, secouait horriblement le voyageur depuis le départ jusqu'à l'arrivée ; — un bruit infernal de chaînes, de bois et de vitres heurtés servait de musique funèbre à ces pénibles convois. La poussière soulevée tout le long du trajet entrait à flots épais par les soupiraux de ces cruelles boîtes, et couvrait de son linceul étouffant le voyageur infortuné. — Un voyage, dans ce temps-là, était une redoutable épreuve qu'on n'affrontait pas de gaieté de cœur. — Qui croirait aujourd'hui que ces routes de l'air qui nous sont si charmantes, l'homme n'avait qu'à les vouloir pour les mériter, et qu'il a préféré souffrir pendant tant de siècles de pareils supplices!...

Ces pauvres gens croyaient avoir fait un grand progrès parce qu'ils allaient un peu plus vite sur leurs voies de fer qu'avec les voitures attelées, qui furent le principe de toute locomotion. Ils tâchaient de se consoler avec des statistiques qui leur assuraient que le chiffre des accidents était un peu diminué. — Notez en passant qu'ils n'avaient même pas su trouver l'équivalent de nos parachutes!

Leur statistique avait peut-être un peu raison, mais aussi, — quand accident il y avait, quels désastres! — Des centaines d'hommes broyés, brûlés, disparus, pour un simple fétu déposé sur ces pitoyables voies!

Et on frissonne en pensant ce qu'était le sinistre, quand il avait lieu sous une de ces longues caves glaciales appelées tunnels, barrées par le feu et les décombres à tout secours humain, — hors même du regard du Dieu de pitié et de miséricorde!

Quelle différence avec nos voyages aériens sans heurts, ni secousses, ni bruit, ni poussière, ni fatigue, ni danger!

Et comment a-t-il pu se faire que l'homme ait attendu pendant tant de siècles cette délivrance, quand il n'avait, pour se racheter de ces affreux supplices, qu'à appliquer les premiers éléments de statique et de mécanique[1]? . . . . . . .

. . . . . . . . . . . . . . . . .

NADAR.

Paris, mai 1865.



[1] *Mémoires du Géant.*

---

L'agent de la *Société d'Encouragement pour la Navigation Aérienne par les appareils plus lourds que l'air* (35, boulevard des Capucines) remet gratuitement les Statuts sur demande.

---

8170. — IMPRIMERIE GÉNÉRALE DE CH. LAHURE
Rue de Fleurus, 9, à Paris

## PUBLICATIONS RELATIVES A L'AVIATION

---

**LES MÉMOIRES DU GÉANT**, par NADAR, 2e édition, 1 vol., fig. . . . . . . . . . . . . . . . . . . . . . . 3 fr. 5

**L'AVIATION** ou *Navigation aérienne sans ballons*, par G. DE LA LANDELLE, 2e édition. . . . . . . . . . . . 2 fr.

**SOLUTION DU PROBLÈME DE LA LOCOMOTION AÉRIENNE**, par MICHEL LOUP. . . . . . . . . . . 1 fr. 5

**DU VOL DES OISEAUX**, par D'ESTERNO. . . . . . . . »

**L'AÉRONAUTE**, moniteur de la société d'Encouragement pour les appareils *plus lourds* que l'air, 12 numéros ; — 35, boulevard des Capucines. . . . . . . . . . . . . . 6 fr.

**RAPPORT SUR LE 1er EXERCICE DE LA SOCIÉTÉ D'ENCOURAGEMENT** pour l'aviation, par G. DE LA LANDELLE. . . . . . . . . . . . . . . . . . . . . . . 1 fr.

## ŒUVRES DE M. NADAR :

**QUAND J'ÉTAIS ÉTUDIANT**. . . . . . . . . . . . . . 1 fr.

**LA ROBE DE DÉJANIRE**. . . . . . . . . . . . . . . 3 fr.

**LE MIROIR AUX ALOUETTES**. . . . . . . . . . . . 1 fr.

*En collaboration :*

**HISTOIRE DE MURGER** et de la vraie Bohême, par trois buveurs d'eau. . . . . . . . . . . . . . . . . . . . . 3 fr.

www.ingramcontent.com/pod-product-compliance
Lightning Source LLC
LaVergne TN
LVHW020327230826
846091LV00003B/797

* 9 7 8 2 0 1 3 0 3 5 0 6 4 *